GHOUTA

Snehaal Kemal

BLUEROSE PUBLISHERS
India | U.K.

Copyright © Snehaal Kemal 2025

All rights reserved by author. No part of this publication may be reproduced, stored in a retrieval system or transmitted in any form or by any means, electronic, mechanical, photocopying, recording or otherwise, without the prior permission of the author. Although every precaution has been taken to verify the accuracy of the information contained herein, the publisher assumes no responsibility for any errors or omissions. No liability is assumed for damages that may result from the use of information contained within.

BlueRose Publishers takes no responsibility for any damages, losses, or liabilities that may arise from the use or misuse of the information, products, or services provided in this publication.

For permissions requests or inquiries regarding this publication, please contact:

BLUEROSE PUBLISHERS
www.BlueRoseONE.com
info@bluerosepublishers.com
+91 8882 898 898
+4407342408967

ISBN: 978-93-7018-492-3

First Edition: April 2025

Bu Suriyeli bir kadın olan Fatima'nın aşk hikayesidir. Yaşam yolculuğu ve Suriye'deki iç çatışma sırasında karşılaştığı zorluklar. Savaş nedeniyle hayatı büyük ölçüde değişti. Her şeyini kaybetmiş ve hala akan bir nehir gibi hayatıyla birlikte akmaya devam ediyor. Yaşam yolculuğunda, varlığına anlam katan ruh eşi John'u bulur. Yaşam deneyimleriyle kuşatılmış mistik bir adam olan John, insanlığın çatışmaları bağlamında sakin bir insan varoluşunun önemini araştırıyor...

Egoların ve ideolojilerin savaşları arasında sıkışıp kalan, hayatlarını kaybeden, acı ve zorluklara maruz kalan tüm masum varlıklara ithaf edilmiştir.

İÇİNDEKİLER-

1. BİRİNCİ BÖLÜM - İBRAHİM
2. İKİNCİ BÖLÜM- FATIMA
3. ÜÇÜNCÜ BÖLÜM - GUTA
4. DÖRDÜNCÜ BÖLÜM - MÜLTECİ
5. BEŞİNCİ BÖLÜM - İSTANBUL
6. ALTINCI BÖLÜM- NOOR- E-SHAMS
7. BÖLÜM 7-JOHN
8. BÖLÜM 8- AMİRAL RUSTOM PAŞA
9. BÖLÜM 9-RUMİ
10. BÖLÜM 10- DR. Haşim
11. BÖLÜM 11-ZULU

Rakka

Savaştan Önce

Savaştan Sonra

Bölüm 1

İbrahim

Ocak 2011'di ve buğday hasadı bir sonraki bahara hazırlanıyordu. İbrahim uzun, yeşil buğday mahsullerine bakarken genişçe gülümsedi.

"Bu yıl hasat muhtemelen harika olacak. Bu yıl harika bir bahar geçireceğiz." diye mırıldandı, tarlasındaki nemli toprağı avucunun içinde tutarak.

Oğlu Nasır da onaylayarak başını salladı. "Allah hu Ekber."

"Amin." İbrahim onayladı.

İbrahim kısa boylu, geniş yüzlü, geniş omuzlu bir adamdı. Köyünde saygı duyulan ve tanınan biriydi. Yerel okulda bir hizmetçiydi ve kızının evliliğinden sonra çiftçilik tutkusunun peşinden gitmek için vaktinden önce emekli oldu.

İbrahim, Rakka'nın batısındaki tepelerde yer alan küçük bir yerleşim yeri olan Al-Sahl köyünde çiftçi bir ailenin çocuğu olarak dünyaya geldi. Rakka, Suriye'nin kuzeyinde, Fırat Nehri'nin kıyısında bulunuyordu.

Son yıllarda devam eden kuraklık ve Fırat Nehri'ndeki su akışlarının azalması nedeniyle buğday rekoltesi düşüktü.

İbrahim sıcak güneşe bakarken, "Nehirden gelen bu kanal bu sefer mahsullerimizi kurtardı. Çok yaşa Tabka Barajı'ndan bu küçük kanalı inşa ederek mahsullerimizi kurtaran Beşar," diye haykırdı.

İtaatkar oğul Nasser tekrar başını salladı.

"Bu yıl seni evlendireceğim. Kız kardeşin geçen yılki evliliğinden sonra Goutha'da iyi durumda. Umarım sana uygun bir kız bulurum. Ayakkabı tamircisinin kızı Zainab'ın uygun bir eş olduğuna inanıyorum. Abu Raşit Burada, Rakka çarşısında yeni bir ayakkabı mağazası açtı. Onun durumu artık bizimkine benziyor. Ben de onun evine gidip kızının elini isteyeceğim. Dün kız kardeşin beni aradı ve bebek sahibi olmayı planladıklarını söyledi. Gelecek yıl kendisinin de dil diploması olduğundan, iyi eğitimli bir kocası olduğuna sevindim." İbrahim, Rakka pazarının dar sokaklarından eve dönerken oğluna anlattı.

"Annen şeker hastası." Bacakları şişmiş ve sol bacağında ülser var. Dün genel hastanedeki doktor bana bunun diyabetik ayak olduğunu söyledi. Derin bir nefes alıp içini çeken İbrahim, "Enfeksiyon yayılmadan önce sol bacağının kesilmesi gerekebilir" diye ekledi.

İbrahim'in bu baharın hayatını ne kadar etkileyeceğinden haberi yoktu. Ancak Nasır'ın zihni Musul'daki Madarsaa'da kendisine öğretilenlerin anılarıyla doluydu. Geçen ay arkadaşıyla birlikte Musul'u ziyaret etmişti. Musul'daki okuldaki Ebu Bağdadi adlı öğretmenden çok etkilenmişti.

Baba ve oğul, Al Sahl'ın dar sokaklarından köydeki Central Caddesi'nin sonundaki evlerine doğru yürüdüler.

Arap Baharı'nın Arap dünyasına yayıldığı haberleri televizyonlarda yayınlanıyordu. Tunus'ta yaşananları şaşkınlık ve dehşetle takip ettiler. Yangın daha sonra komşu ülkelere de sıçradı.

"Suriyemiz barışçıl bir ülkedir." Yıllardır alev alev yanan Irak'a bakın. Hem Filistin'de hem de Lübnan'da çatışmalar var. Kimse bizim Şems yurdumuzdan bahsetmiyor" dedi İbrahim, vatanıyla gurur duyarak. Bir fincan çayını yudumlarken yüksek sesle şöyle dedi: "Suriye bir barış ülkesidir ve Allah tüm merhametini onlara bahşeder. bizim topraklarımız." Ülkemiz gelişiyor ve iyi durumda.

Bazı kum fırtınalarının çölün sadece bir kısmını değil, tamamını kaplayacak kadar güçlü olduğunu anlayamıyordu.

Şam'ın güneyindeki 'Darra'da küçük, şiddet içermeyen protestolarla başladı. Protesto, rejimin istihdam ve yolsuzluk politikalarına karşıydı. Daha sonra Şam'da bir protesto düzenlendi. Protestolar ilk başta az sayıda başladı ancak kısa sürede Suriye'nin diğer şehirlerine de yayıldı. Gösteriye katılmak için sıcak kanlı ve enerjik gençler sokaklara akın etti. Bir şeylerin değişmesini istiyorlardı. Yetkililer göstericilere müdahale edene kadar daha fazla genç Suriyelinin katılmasıyla havada heyecan hakimdi.

Protestolar hızla şiddete dönüştü ve aralıklı protestolar günlük şiddet olaylarına dönüştü. Ölü sayısı artmaya başladı ve bir öfke, intikam ve gazap döngüsü yaşanmaya başladı. Bir olay diğerini tetikledi ve olaylar zinciri ülkeyi tam teşekküllü bir iç savaşa sürükledi.

Al Sahl da benzer olaylardan muaf değildi. İbrahim yönetimi destekliyordu ama oğlu Nasır olaylara farklı bakıyordu. Değişim istiyordu.

"Baba, yıllar önce barajdan tarlalarımıza kadar olan hendeği yapsalardı, daha zengin olurduk, Şam'ın büyük aileleri gibi pahalı arabalar kullanırdık." Biz de harika bir hayat yaşayabilirdik. İbrahim'le tartışarak, "Ama şimdi geçimimizi sağlamakta zorlanıyoruz" diye devam etti.

Sokaklarda çıkan yangın artık evlerine de sıçramıştı.

İbrahim çiftçiliğe devam etti. Yerel pazardan alacağı buğdayın fiyatı konusunda endişeler yaşarken oğlu Nasır, devrimci harekete katılmak üzere Özgür Suriye Ordusu'na (ÖSO) katıldı. Nasır polis olmak istiyordu ama Musul'dan döndükten sonra okulda zorluk yaşamaya başlayınca vazgeçti. Müdür kendisini okuldaki veli-öğretmen toplantısına çağırdığında İbrahim onu aşırı dincilerle ilişki kurmakla suçladı.

Eskiden uysal olan oğul asi hale geldi.

Bölüm 2

Fatima

Değişim rüzgarları esmeye başladı. Tunus'taki Arap Baharı'nın ardından fırtına 2011'de Suriye'ye ulaştı.

"Bütün ülkemi saracak." Ahmed, elinde bir kuzu kemiğiyle televizyon izlerken Fatima'yla konuşuyordu.

Fatima televizyondaki haberlere bakarken, "Ya Allah," dedi.

"Haydi Ahmet, Şam'da hiçbir şey olmayacak. Şimdi huzur içinde ye." Fatima hızla ekledi.

Fatima, 33 yaşındaki Ahmed ile evlendiğinde 26 yaşındaydı. Köyünde kız çocukları normalde 18 yaşından önce evlendiriliyordu, bu nedenle ileri yaşta evlilik alışılmadık bir durumdu.

Ahmed, sekizinci sınıftayken babasının ölümünden bu yana annesine ve küçük erkek kardeşine bakıyor. Annesi ve küçük erkek kardeşi için "Darra"da bir ev satın alana kadar evlenmeyi düşünemezdi bile. Daha sonra kimya mühendisliği mezuniyetini tamamladıktan sonra daha iyi geçim şansı arayışı içinde Şam yakınlarındaki bir banliyö bölgesi olan Guta'ya taşındı. Ahmed artık Suriye'deki bir petrol işletmesinde çalışan bir kimya mühendisiydi.

Esad güçleri ile Özgür Suriye Ordusu arasında çatışmalar birkaç ay önce başlamıştı. Ancak Goutha'da hayat normaldi. Fatima ve eşi Ahmed, Özgür Suriye Ordusu'nu destekliyordu. Bölünmüş bir ülkede taraf seçmek kolaydı.

Fatima yemek masasında çayını yudumlarken Ahmed'e, "Özgür Suriye Ordusu'nu desteklemeyecek miyiz? Sonuçta biz de onlar gibi Sünniyiz, Peygamber'in (sav) meşru haleflerine inananlarız" dedi.

Fatima ve Ahmed şu anda Guta'da ana yolun karşısındaki bir apartman kompleksinde yaşıyorlar. Daireleri, Fatima'nın Şam'ın güzel siluetini ve gün doğumunu görebildiği "Noor-e-Manzil"in beşinci katındaydı.

Ahmed, Fatima'nın kariyerine son derece destek oldu. Guta'nın Al-Nasser Caddesi'ndeki konut kompleksinde bir dil okulu açmasına yardım etti. Geçen yılki düğünlerinin ardından yüksek lisans eğitimini de tamamladı. Fatima hemen çoğunluğu yakın mahallelerden gelen yeterli sayıda öğrenciyi işe aldı ve onlara İngilizce ve Arapça öğretmeye başladı.

Her akşam okuldan sonra evinin balkonunda oturup en sevdiği içecek olan portakal suyunu içer ve Ana Caddeden geçen insanları izlerdi.

Boş zamanlarında Rakka'daki hayatına dair düşüncelere dalıp gidiyordu. İbrahim'in babası da portakalı çok severdi. Yaşlı adam sık sık arkadaşının Rakka yakınlarındaki Abbara köyündeki çiftliğinden portakal getiriyordu. Fatima, üniversite ve lisansüstü eğitim boyunca kendisine destek veren babasıyla gurur duyuyordu. Atalarının köyünde yalnızca birkaç kişi kadınların yüksek öğrenim görmesini destekliyordu.

El Sehl'in büyükleri, Fatıma'ya ne zaman sosyal toplantılara gitse, "İslam kadınların eğitimini yasaklar; onların her zaman başörtüsü takmaları, kocalarına ve çocuklarına bakmaları gerektiğini" söylerlerdi. Al Sehl'in büyükleri Fatima'ya sosyal toplantılara gittiğinde bunu anlatırdı. Ancak bu tür mücadelelerde her zaman yanında olan babası oldu.

Fatıma'nın evliliğinin ilk altı ayı, sonsuz bir "Cennet"te yaşamak gibiydi. Yangın şehrin varoşlarına ulaşmadan önce, sahip olacağı çocuğun hayalini kurdu ve ona kocasının adının ardından 'Küçük Ahmed' adını vermek istedi.

Bir pazartesi günü Ahmed öğle yemeği için eve erken geldi. Fatima şaşırmıştı çünkü eve genellikle akşam 5 civarında geliyordu. Tavuk güvecini, çorbayı ve kebapları yemek masasına yerleştirdi. Ahmed masadaki yemeği yerken sürekli ondan yanına oturmasını isterdi.

"Sana bir sürprizim var." dedi ki

Öğle yemeğinden sonra onu yanına çağırdı ve "Benimle gel Fatıma. Sana yeni bir şey öğretmek istiyorum."

Elini tuttu ve onu apartmanın otoparkına yönlendirdi. Ahmed kapıyı açıp onu içeri iterken, "Bakın, bu bizim yeni Ford arabamız" diye açıkladı. Fatima memnundu ve neredeyse gözyaşlarına boğulacaktı.

Çocukluğundan beri araba kullanmayı öğrenmek istiyordu ama İbrahim ona öğretmeyi reddetti.

"Ah, hayır, sana burada, Al Sahl'da ders vermeyeceğim. Seni üniversiteye gönderdiğim için büyükler zaten bana isimler takmaya ve beni azarlamaya başladılar. Kocan sana araba kullanmayı öğretsin," diye cevapladı ne zaman ısrar etse.

Çift, ana yolda uzun bir yolculuk yaptı ve Şam yakınlarındaki terk edilmiş bir Meydan'a ulaştı. Genellikle oyun oynayan çocuklarla dolup taşan Meydan, son birkaç haftadan beri aniden boşaldı.

Ahmed, "Anlıyor musun Fatima, burada durum gergin. Anne babalar artık çocuklarını oyun parklarına göndermiyor. Neyse, bu senin için harika. Acemi bir sürücü, birine çarpma riski olmadan burada daha kolay öğrenebilir" dedi. arabayı devasa kapıdan Maidan'a çevirmek.

Ahmed sürücü koltuğundan indi ve onu direksiyona çekti. Hızla yandaki koltuğa geçti ve talimatlar vermeye başladı.

"Bu debriyaj, bu gaz pedalı ve bu da fren." Aracın hızına göre vites değiştirmeniz yeterli." dedi.

"Sana uygun bir kadın direksiyon eğitmeni bulana kadar sana her gün burada ders vereceğim." Araba sürerken başörtünüzün altına kapri veya kot pantolon giymek daha pratik olur" diye ekledi Ahmed direksiyonu tutarak.

Ahmed akşamları eve erken gelmeye devam etti ve bir kadın sürüş eğitmeni bulana kadar Fatima'yı her gün arabayla Meydan'a götürüp ona araba kullanmayı öğretti. Bu yeni paylaşılan deneyim, evlilik hayatlarına canlılık kattı. Dışarıdaki dünya nefret ve öfkeyle doluyken, harika aşk anları yaşadılar.

Fatima başlangıçta araba kullanmaktan çekiniyordu ve korkuyordu, ancak bir kadın sürüş eğitmeninin dikkatli gözetimi sayesinde bu daha kolay hale geldi.

Camilerden ezan sesleri yükseldi, dini toplantıların sayısı arttı. İnsanlar kapalı kapılar ardında daha fazla fısıldadı ve kadınlar daha düzenli başörtüsü takmaya başladı ve başkalarını da aynı şeyi yapmaya teşvik etti.

Savaş, gecenin sessizliğini bozan silah sesleri ve patlamalarla başladı. Fatima balkonundan dışarı baktı ve Şam'ın silüetine hakim olan bir zamanlar yüksek olan yapıların molozlara dönüştüğünü gördü. Gece gökyüzü uzaktaki patlamalar ve yangınlarla aydınlandı. Helikopterlerin veya savaş uçaklarının sesleri dehşetle kulaklarını deldi ve tüm vücudunu titretti. Uyku artık kolay gelmiyordu. Onun yanında uyuyan Ahmed de uykusunda sık sık huzursuz oluyordu.

Ahmed kısık bir sesle, "Fatima, bir gün bu binayı terk edip yakınlardaki bir sığınağa taşınmak zorunda kalacağız. Muhammed bana koruma amaçlı sığınaklar inşa ettiklerini söyledi. Ne kadar erken hareket edersek o kadar iyi" dedi.

Balkondan dışarı bakan Fatima, "Mohamed'den yeni kıyafetler almak istiyorum. Dün onu evinin terasında yeni tasarım bir elbise kuruturken gördüm" dedi.

Muhammed altmışlı yaşlarında, uzun boylu, sıska bir adamdı; her zaman Suriye şapkası takıyordu ve gömleğinin cebinden çıkardığı küçük bir tarakla uzun beyaz sakalını tarıyordu. Suriye tasarımı kıyafetleriyle tanınan zanaatkâr bir aileden geliyordu. Sokağın sonunda, geniş ön bahçesi olan büyük ata evinde yaşıyordu.

Çok geçmeden savaş alevleri Fatima'nın evini sardı. 2013 yılına gelindiğinde Suriye'nin tamamı alevler içindeydi. Özgür Suriye Ordusu, IŞİD ve diğer gruplar birbirleriyle ve Beşar'ın hükümet birlikleriyle savaştı. Guta'nın Özgür Suriye Ordusu'na (ÖSO) güçlü desteği vardı. Nüfusun çoğunluğunun Sünni olması ÖSO'ya güçlü bir destek sağlıyordu. Guta, Suriye'nin başkenti ve Beşar hükümetinin merkezi Şam'a karşı kilit bir direniş alanı haline geldi. Bir 'Alevi' olan Beşar, birçok muhafazakar ve Müslüman Kardeşler taraftarı tarafından kafir olarak görülüyordu.

Şüphesiz Guta çok geçmeden hükümet güçleri tarafından kuşatıldı. Fatima balkonundan yakındaki binaların bombardıman altında yıkıldığını gördü.

Ahmed, "Kısa süre sonra sığınaklara taşınacağız. Yakındaki okulda bazı sığınaklar hazırladılar. Cuma günü oraya taşınacağız" dedi.

Şam

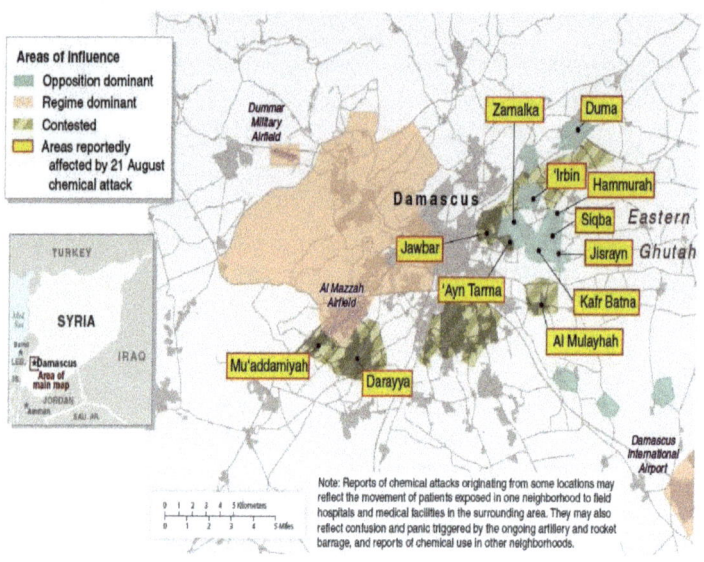

Ghouta

Bölüm 3

Ghouta

Doğu Guta Şam'ın eteklerinde bulunuyordu. Fatima, Doğu Guta'nın Zamalka bölgesinde ikamet ediyordu. Halkın ezici çoğunluğu Sünniydi. İsyancılar için güçlü bir üs görevi görüyordu ve Ürdün'den gelen ana silah tedarik yolları arasında yer alıyordu. İsyancılar hükümete karşı mücadelelerinde büyük ölçüde bu yola güvendiler. Kuşkusuz hükümet, direnişe karşı koymak için rotayı ağır bir şekilde bombaladı.

20 Ağustos 2013 gecesi, sezonun diğer gecelerine göre alışılmadık derecede karanlıktı. Ahmed o gün eve erken döndü. Rahatsızlıklar nedeniyle artık eve her zamankinden daha erken geliyor.

Fatima, akşam yemeği için "gohst" [koyun eti] de dahil olmak üzere haşlanmış çorba ve kebap yaptı. Harap olmuş elektrik hatları tarafından tetiklenen ara sıra güç kaynakları ışıkları kapatmıştı. Elektrik kesintileri yaygın bir olay haline gelmişti. Böylece Fatima yemek masasındaki mumu yaktı.

Fatima sessizce, "Sonraki gece özellikle karanlık görünüyor" dedi.

Ahmed balkondan ufuk çizgisine bakıyordu.

Fatima çatal bıçak takımını yemek masasına koyarken, "İçeri gel Ahmed. Bu gece mum ışığında bir yemeğin tadını çıkaralım" dedi.

Ahmed bir sandalye çekti ve cevap verdi: "Fatima, mum ışığında bir akşam yemeği, arka planda maytaplar ve yanımda oturan güzel bir genç kızla çok romantik bir gece. Görünüşe göre tüm evren aşkımızı kutluyor."

Fatima kızardı ve şunu bilmek istedi: "Yarın sabah sığınaklara gitmiyor muyuz? Gerekli eşyaları topladım. Her şey sade bir Meydan'a dönüşürken yer üstünde yaşamak korkutucu."

"Gerçekten de öyleyiz" diye yanıtladı Ahmed.

"İnşaAllah her şey güzel olur" dedi.

Yemekten sonra hemen yatak odasına gittiler ve birbirlerinin kollarında uyuyakaldılar.

23 Ağustos günü sabah saat 2.30 civarında Fatima merdivenlerden gelen çığlıkları duydu.

"Aşağıda birileri bağırıp ağlıyor. Uyan Ahmed!" dedi omzuna hafifçe vurarak.

Ahmed pantolonunu giymek için aceleyle Almira'nın yanına koştu.

"Sen burada kal. Ben dönene kadar dışarı çıkma. Ben aşağıya inip ne olduğuna bakacağım" dedi.

Ön kapıyı açtı ve aşağıya koştu. Fatima hâlâ çocukların çığlıklarını ve çığlıklarını duyabiliyordu. Birisi "Benzin!" diye bağırdı. Bu bir gaz saldırısıdır! "Yukarı çık, aşağı inme."

Gaz havadan ağır olduğu için yeryüzüne daha yakın yerleşecektir. Düşündü.

Fatima kendini banyoya kapattı, duşu açtı ve tavandaki su deposundaki su bitene kadar sırılsıklam oldu.

Caddenin karşısında daha fazla çığlık duydu ve alt kattaki ambulans sirenlerini duydu.

"Ahmet nerede? Artık her şey sessiz. Geri dönmedi," diye düşündü.

Sabah 5'e kadar orada kaldı. Yukarıya çıkan birinin ayak sesini duydu ve kapıyı çaldı.

Birisi "Lütfen kapıyı açın" diye ısrar etti.

Kapıyı açmak için acele etti. Bir sağlık görevlisi ve bir itfaiyeci daireye girerek çocuk olup olmadığını sordu.

Doktor, "Bu gaz maskesini alın ve bizimle gelin" talimatını verdi.

Fatima onlara, "Kocam aşağı indi ve geri dönmedi" dedi.

İtfaiyeci, "Onu merdivenlerin aşağısında ya da caddenin karşısında bulacağız" dedi.

Fatima zemin katta çocuk ve kadın cesetlerini gördü. Gözbebekleri dışarı fırlamıştı. Bir çocuğun ağzından damlayan kanla lekelenmiş beyaz bir köpük fark etti. Bir kadının dili dışarı fırladı ve gözleri yuvarlandı. Spazmlar başka bir kadının vücudunu germişti

Fatima çığlık atmak istedi ama yapamadı. Konuşması gaz maskesi yüzünden boğuk çıkıyordu.

Sokağa ulaştığında bir sağlık görevlisi ona ambulansa binmesi talimatını verdi.

Ona, "Seni, yaralıların tedavi gördüğü yakındaki bir hastaneye nakledeceğiz" dedi.

"Ama kocam burada." Fatima dedi

"Orada kocanızın kimliğini tespit edebileceksiniz" dedi.

Onu hastaneye taşıdılar ve acil servisin yanındaki odada bir kova suyla yıkadılar.

Bir hemşire yanına gelip iyice muayene etti. "İyi görünüyorsun" dedi, bir şişeden ilaç enjekte ederken.

"Buna ihtiyacın yok ama belirtilerini izleyeceğiz." Hemşire daha sonra odadan çıktı.

Islak sedyede yatan Fatima'nın ne zaman uykuya daldığına dair hiçbir fikri yoktu.

Öğleden sonra uyandığında odanın başka hastalarla dolu olduğunu fark etti. Yorgundu ama kocasını bulma konusunda çaresizdi.

Hemşireye "Kocamı nerede bulabilirim?" diye sordu.

Hemşire, "Hayatta kalanların tedavi edildiği erkekler koğuşuna gidebilirsiniz" dedi. Koridorun hemen sonunda.

Sedyeden atladı ve koğuşa koştu ama erkeğini göremedi. Tıkanmış hastanede sadece düzinelerce çocuk ve yaşlı adamın nefes almak için çabaladığını, başlarının üzerinde salin şişelerinin sallandığını ve sedyelerinin yanında oksijen tüplerinin bulunduğunu görebiliyordu.

Doktora "Kocam o değil; onu başka nerede bulabilirim?" diye sordu.

"Bodrum katına gidin, büyük bir salonda tutuluyorlar ve sayılıyorlar." diye cevap verdi.

Aşağıya indiğinde cesetleri takip eden bir adamla karşılaştı. Geniş bir salona yerleştirildiler.

"Yüzlere bakabilirsin" dedi beyaz kumaştan görünen yüzü işaret ederek.

Sıra sıra cesetlerin arasında geçit boyunca hızla ilerledi. Bir sıranın köşesinde sessizce yatıyordu. Vücudunu kaplayan beyaz kumaştan görülebilecek şekilde ayağa kalktı. Sessizce ağlayarak bir saat boyunca orada oturdu.

Morgdan sorumlu adam, perişan haldeki Fatıma'yı kaldırmak için yaklaştı.

"Ayaklarına dokunmayın bacım. Sarin gazı zehirlidir. Zehirlidir" diye uyardı.

Onu zemin kata götürdü ve koridora yerleştirilmiş havaalanı sandalyelerine oturmasını söyledi.

Ayrılmadan önce "Ya Rahman olan Allah" diye bağırdı.

Fatima gece boyunca koridorda oturdu, bakışları önündeki duvara kilitlendi. Anılar, belirsiz bir geleceğe dair düşüncelerle birlikte zihnini doldurdu. Şişmiş gözleri yaşlarla doldu. Sandalyede uyuyakaldı ve sabah ezanının sesiyle uyandı.

Merhumlar ilçe mezarlığında toprağa verildi. Cesetler üst üste yığılmıştı.

Fatima eve gittiğinde terk edilmiş apartmanların enkazını gördü.

"Bu akşam mültecileri otobüslerle Türkiye sınırına taşıyorlar." Bence buradan kaçmalıyız. Tekstil mağazası sahibi Mohamed, "Burada benim için de hiçbir şey kalmadı" dedi.

"Atalarımın evine bakın. Tükenmiş tuğlaların arasında hayat kalmadı. Şeytan'ın başımıza cehennem getireceğini asla hayal etmedik" diye haykırdı Muhammed, umutsuzca ellerini göklere kaldırarak.

Suriyeli mülteci kampındaki bir kadın

Suriyeli mülteci kampında oynayan çocuklar

Bölüm 4

Mülteci

Akşam karanlığında otoyol kavşağında, Birleşmiş Milletler'e ait yeşil bir otobüs sığınmacıları Türkiye sınırına taşıyordu. Fatima, otobüse doğru yürürken Mohamed'in arkasından geliyordu. Bu süreçte hayatını riske atarak daireden toplayabildiği tüm eşyaları toplamayı başardı.

Gaz maskesini takarak daireye girmeye çalıştı ve köşede bulunan dolabı açmaya çalıştı.

Düğün gecesine ait altın bir kolyeye ve kasada saklanan bir miktar paraya el koydu. Parayı saymadan aceleyle başörtüsünün altına gizlediği çantasına koydu. Yaşlı gözlerle dairenin duvarlarını inceledi ve küçük bir vidayla duvarda asılı duran düğün fotoğraflarını inceledi. Aceleyle birkaç giysiyi bagajına koydu ve aşağıya, caddeye doğru koştu. Zehirli sarin kalıntısı bulunması nedeniyle dairelere erişim yasaklandı. Binanın girişindeki yasaklayıcı bandın yanından geçti ve yolun karşı ucunda Mohamed'i gördü.

Mohamed, otobüs şoförüne Türkiye sınırına ulaşımlarını ayarlamak için yaklaşık 89.000 Suriye lirası ödedi. Otobüs çok sayıda kadın ve çocukla tıka basa doluydu ve çok az yer kalmıştı. Herkesin niyeti ya Kızılhaç mülteci kampına gitmek ya da yiyecek almak, yaşlıların ve çocukların sağlığını korumak için Türkiye sınırını geçmekti.

Otobüs şoförü, şoför kabininden "Oturmak için uygun bir yer arayın. Zaten sıkışık" dedi.

Fatima ve Mohamed otobüsün en arka köşesinde bir yer buldular. Yaklaşık otuz dakika sonra otobüs güvenli yola ulaştı. Belirsiz ve öngörülemeyen bir kadere doğru yolculuklarına başlarken Fatima, arka koltuğun penceresinden Şam'ın sarı-kırmızımsı siluetini ve batan güneşin fonunda apartmanların azalan yüksekliklerini izledi. Arkasında bıraktığı şehrin balkonundan bir daha görülmeyecek enfes manzarayı hatırladı. Camdan dışarı bakarken, Şam ve Guta'yı son kez seyrederken rahmetli eşine veda etti.

Otobüs kısa sürede M5 karayoluna ulaştı ve Suriye'nin kuzeyinde, Türkiye sınırına yakın bir şehir olan Halep'e doğru yola çıktı. Guta'dan Halep'e olan yolculuk yaklaşık 550 kilometre sürüyordu ve sürücü, karşı taraflar arasındaki çapraz ateşe saplanmadan oraya ulaşmaya kararlıydı.

Çatışma, Suriye'nin en önde gelen ticari merkezine de yayılıyordu; bu merkez, yakında harap olmuş simge yapılarla boğuşacaktı; güçten ve sakinlerden yoksun bir şehir.

Otobüs bütün gece boyunca yemek yemek ya da dinlenmek için durmadan sürekli sınıra doğru ilerledi.

Sürücü Halep'e yaklaşmadan kısa bir süre önce aniden yön değiştirerek dar bir yola saptı.

Fatima uzaktan fırlatılan roket, bomba ve füze seslerini duydu. Sahne, düğün gününde havai fişeklerin anılarını hatırlattı.

Şafak vakti otobüs Türkiye sınırına yakın Kızıl Haç kampına ulaşmıştı.

Mohamed kampı işaret etti ve "İşte orada" diye duyurdu. Artık güvenli bir bölgedeyiz. Kamp, birkaç çadırla dolu, tel çitlerle güçlendirilmiş sınırlarla çevrili, düz bir çölde kurulmuştu. Kamyonların su taşıması nedeniyle yollar çamurlu ve ıslaktı. Ortam, çorak arazide çarpıcı bir gün doğumunun fonunda yer alan, ancak üzüntü, öfke ve ölüm hikayeleriyle dolu, çadırların bulunduğu eski bir vahayı tasvir ediyordu.

Fatima ve Mohamed otobüsten inip kampın girişine yaklaştılar. Girişte konuşlanan Kızıl Haç muhafızları, mültecilerin bilgilerini titizlikle belgelemek üzere bir defter ve kalemle konumlandırıldı. Kapıların kilidini açtılar ve sırada bekleyen kişilerden bilgi toplamaya başladılar. Ayrıntılarını belgeledikten sonra yakındaki bir çadıra götürüldüler.

Orta yaşlı Amerikalı bir kadın Fatima'yı selamladı.

"Gel buraya, şu sandalyeye otur. Lütfen şu bisküvi paketini ve bir şişe suyu al. Çok bitkin görünüyorsun" dedi.

Fatima'nın en son yediği yemeği hatırlamıyor. Belki de mezarlıktayken bir adam ona bir şişe su vermişti. Hatırladı.

Fatima bisküvi paketini elinde tutarak bir parçasını kemirirken, "Eşim kimyasal saldırıda hayatını kaybetti" diye yanıt verdi.

Amerikalı kadın yavaşça başına dokundu ve şöyle dedi: "Burada bulunan her bireyin acıklı bir hikayesi vardır." Bu kamp felaketlerle ve yoksunluk ve acıya dair dokunaklı hatıralarla doludur.

Daha sonra, yiyecek ve su konusunda çekişen hanımlar arasında çıkan anlaşmazlığa arabuluculuk yapmak için çadırdan çıktı.

Çatışmayı çözdükten sonra Amerikalı kadın geri geldi ve Fatima'ya gizlice şunu iletti: "Kampa alışmanın bir yolunu keşfedin." Yakındaki çadırda uyku alanı mevcuttur. O çadırda bir kız çocuğu karnındaki septik yaralardan dolayı hayatını kaybetmişti. Yerleşik normları asimile edin ve bunlara uyun. Görüyorsunuz, aşırı kalabalık bir kampta yer bulmak oldukça zor."

Fatima sonraki günlerde sıkışık çadırda uyumaya alıştı. Öğleden sonra, mevcut tayın kısıtlı olmasına rağmen onlara az miktarda bisküvi ve ekmek verildi. Günlerini çadırının dışında oynayan çocukları izleyerek geçirdi. Ama geceler onun için berbattı. Anılar zihninden fışkırıyor, onu huzursuz ediyordu.

Bir gün bir grup çocuk ona yakın bir köyde kıtlık nedeniyle ölen hayvanlardan hazırlanan etlerden porsiyonlar sundu. Hayvanların bakımsızlık ve açlık nedeniyle telef olduğunu söylediler. Her şey açlıktan ölmekten daha iyi olurdu.

Bir ay sonra kampın erkekler bölümüne yerleştirilen Mohamed, Abu Hamza adında bir beyefendi eşliğinde çadırına yaklaştı. Ebu Hamza'yı olağanüstü cesarete sahip bir kişi ve sadık bir arkadaş olarak tasvir etti.

"Onun araçları seni kontrol hattının ötesine taşıyabilir. Bu sınırın ötesinde mutlu ve daha iyi bir hayata sahip olacaksınız." Muhammed belirtti.

Fatima'nın göz alıcı altın kolyesini görünce gözleri mutlulukla parıldayan Ebu Hamza, "Elbette, İstanbul'a gitmenize yardımcı olabilirim. Burası Avrupa'dadır. Daha iyi ve keyifli bir hayat sizi bekliyor" dedi.

Fatima, Ebu Hamza'nın ondan ne istediğini anlamıştı.

Fatıma, babasının kendisine hediye ettiği ve nesilden nesile aktarılan, ata kolyesi olan altın kolyeyi çıkarıp Ebu Hamza'ya sundu.

"Şu anda endişelenmenize gerek yok." Yeni pasaportunuz yedi gün içinde teslim alınabilecek. İstanbul ikonik anıtları ve lüks yaşamıyla tanınan, estetik açıdan hoş bir metropoldür. Abu altın kolyeyi elinde hissederek, "O yerde güvende olacaksın," diye ona güvence verdi.

"Önemli bir miktar getirecek." diye mırıldandı.

Ancak Fatima düşüncelerinde kayboldu.

Öğrencilerine İstanbul'un şiddet içeren geçmişi, tarihi çatışmaları, ünlü Ayasofya ve ikonik Sultanahmet Camii dahil olmak üzere İstanbul hakkında bilgi verdiğini hatırladı. Artık bu ülke onun daimi ikametgahı olacak.

Bir hafta sonra Ebu Hamza, Fatima'nın yakın zamanda edindiği sahte Türk pasaportuyla kampa geldi. Açtığında yeni ismini keşfetti: Noor Mohamed Shanbeg, fotoğrafı sayfaya yapıştırılmıştı.

Abu, sınırın karşı tarafına geçmek için gece yarısı onu kamp kapılarına çağırdı. Şanlıurfa'nın Akçakale sınır kasabasından Türkiye'ye girdiler.

Ancak Mohamed, ona sınıra kadar eşlik ettikten sonra Kızıl Haç kampına geri döndü. O, memleketinde hükümet güçlerine karşı savaşarak ölmek istiyordu.

Abu, Fatima'yı yakındaki baharatlarda uzmanlaşmış bir tüccara götürdü. Dükkanın adı 'Türk Baharat Şirketi'ydi.

Abu, Özel'i el sıkışarak işaret ederek, "Bu Sayın Özel" dedi.

"O, bu ülkede sizin akıl hocanız olarak görev yapacak" dedi.

Özel ona sırıtarak kırık kesici dişini ortaya çıkardı.

"Merhaba canım" diye selamladı.

"İstanbul'a gitmeniz için gerekli düzenlemeleri yaptım." Bir turizm şirketinde tercüman olarak çalışma fırsatınız var. İşte otobüs biletleriniz. Yarın şehre doğru yola çıkmanız gerekiyor. Burada çok sayıda Suriyeli kız çalışıyor. Birinci kattaki odada kadınlar var. Bir kısmı yarın yola çıkacak. Bu arada geceyi üst katta onlarla birlikte geçirme seçeneğiniz de var" dedi.

"Tamam". Fatima birinci kata çıkan ahşap merdivenlere uzanarak cevap verdi.

Oda, büyük bir salon birçok türbanlı kızla doluydu. Fatima'nın görüşü, bireylerin umutsuzluk duygusuyla dolu ela gözleriyle sınırlıydı.

Köşede oturan orta yaşlı bir kadın, "Bu Allah'ın bizim için tek isteğidir" dedi.

Fatima'ya "Lütfen şu köşeye oturun" dedi. "Fazla yorgun görünüyorsun."

Gece boyunca Halep, Humus, Şam, Guta, Rakka, Lazkiye gibi Suriye'nin çeşitli bölgelerinden gelen genç kadınların hikâyelerini dinledi. İki kadının yanlarında küçük bir kızları vardı. İlkokula kadar eğitimlerini tamamlamışlardı. Odada yaşları 14 ila 18 arasında değişen bir grup ergen kız da vardı.

Genç kadınların çoğu, ülkelerine dönmeyi hiç düşünmeden, Türkiye'nin kentsel bölgelerinde büyük bir servet biriktirmeyi arzuluyordu. Hiç kimse geçmişin acı veren anılarını yeniden yaşamak istemiyordu. Bazı kızlar savaşın sonuna kadar yakındaki şehirde kalıp daha sonra memleketlerine dönmek istiyordu. Çok az kız geri dönmeyi, acıya katlanmayı ve isyancıların yanında savaşmayı arzuluyordu.

Fatima şöyle düşündü: "İyi ki babam bana eğitim verdi. Kalabalık metropolü henüz görmemiş bu genç, saf kadınların kaderi ne olacak? Kutsal kitaptan satırlar dışında hiçbir şeyi okuma yeteneğinden yoksunlar. Ne olacak? Bana kasvetli ve öngörülemez görünen gelecek onları mı bekliyor?"

Gece boyunca yüzdeki opak siyah perdenin arkasından birinin hıçkırarak ağlama sesi duyuluyordu.

Ertesi gün Fatıma İstanbul'a giden otobüse bindi. Geri kalan kızlar da aynı şekilde ülkenin farklı şehirlerine gönderildi.

İstanbul

Bölüm 5

İstanbul

Fatima ertesi gün tarihi kozmopolit bir metropol olan İstanbul'a geldi. Antik kent surları, savaşçıların ölümlerine ve sayısız savaşa tanıklık etmişti. Ölüm onun varlığının ayrılmaz bir parçası haline gelmişti. Toprak, ölen çok sayıda askerin kanıyla doymuştu ve daha sonra yağmur, onu Boğaz'ın tuzlu sularına bırakmıştı. Sonuçta kan da tuzlanır. Aralarında hiçbir ayrım yoktur; insanlar da hiçbir ayrım gözlemlemediler.

Fatima, Sultanahmet'te otobüsten inerken yoldan Ayasofya'nın görkemli kubbesini ve muhteşem Sultanahmet Camii'nin minarelerini gözlemleme fırsatı buldu.

"İşte bu." Sadece fotoğraflar ve tarihi metinlerim onu görmeme izin verdi. Sınıfta çocuklara anlattığım masallar bunların hepsini kapsıyordu. Hikayelerimin gerçekleşmesine tanıklık etmek için orada olacağımı kim hayal edebilirdi? Keşke Ahmed de orada olsaydı, dedi kendi kendine.

Aniden, bir karıncalanma hissine, kafatasını delip geçen keskin, keskin bir ağrı eşlik etti. Bavulunu bıraktıktan sonra üzerine tünedi.

Kısa bir süreliğine görme bozukluğu yaşadı; ancak rahatsızlık neredeyse anında dağıldı.

"Dün gece yeterince uyumamış olabilirim." Bunun arkasındaki nedenin bu olabileceği ihtimalini düşündü. Turist şirketinin kartvizitini çıkardı ve sarı bir taksi çağırdı.

"Merhaba kardeşim, Nasılsın?" Şoföre Türkçe sordu. "Beni Taksim Meydanı'na götürür müsün?"

Şoför onu meydanda bıraktı ve otobüs durağının yanındaki küçük sokağa doğru ilerledi. Bavulunu taşıyarak, kağıt notun üzerindeki haritayı takip ederek caddede yürüdü.

Fatima, 'Pera Oteli'nin önünde durduğunda caddenin karşısında iyi dekore edilmiş bir 'Boğaziçi Turist Rehberleri' ofisini fark etti.

Ofise cam kapıdan yaklaştığında ellili yaşlarında bir adamın cep telefonuyla oynadığını fark etti. Dağınık bir yüzü ve belirgin alın kırışıklıkları vardı.

Resepsiyon masasına yaklaştı ve o kişiyle konuştu ve şöyle dedi: "Merhaba ben Fatima…..Suriye'den Noor'u kastediyorum."

Adam başını kaldırıp baktığında şaşkın görünüyordu. "Ne?" diye sordu.

"Suriye'den geldiğimi belirttim" diye yineledi.

Adam sakalını kaşırken ona baktı.

"Evet, sizin Suriye'den geleceğinizi bana haber verdi. Yalnız mısın, yoksa yanında başka kızlar da var mı?" diye sordu.

"Adın nedir müdür?" Özel'i tanıyor musun? Fatima biraz şaşırarak sordu.

"Mehmet, tamam şimdi hatırladım" diye yanıtladı.

"Sizinle tanışmak büyük bir zevk" dedi. "Otur ve rahatla." Geldiğinizi ona cep telefonuyla bildireceğim. Bu arada lütfen sözleşme evraklarını gözden geçirin ve bu formu doldurun.

Bir kişiyle cep telefonuyla konuştu ve ona belgeleri sundu.

Masaya uzanırken sözleşmeyi okumaya başladı.

Mehmet telefondaki kişiye "Evet Özel Bey ulaştı" diye bilgi verdi.

Fatima sözleşmeyi içeriğinin çoğunu dikkate almadan imzaladı.

"Bir önceki rehberimiz Libya'dan gelmişti. Dolapdere Meydanı'nda oturuyordu. Orada kalabilirsin. Aylık kirası 1600 TL" dedi.

Mehmet ona dairenin adresini içeren eski bir kağıt parçası verdi.

"İşte anahtarlar. Ondan o kadar da uzak değil," dedi ona.

"Tamam, yarın sabah 9'da görüşürüz. Yarın yeni bir Amerikalı turist grubu gelecek" dedi.

Fatima heyecanla yeni dairesinde biraz dinlenmeye koyuldu. Daire küçüktü, tek kişilik bir odası ve bitişik bir mutfağı vardı.

Ertesi gün rehber yardımcısı olarak işine başlamak için şirket ofisine gitti. Birkaç ay Kıbrıs göçmeni yaşlı bir rehber kadının yanında asistan olarak çalıştı. Şehirdeki anıtların tarihi ayrıntılarını kısa sürede öğrendi.

Birkaç ay sonra bağımsız rehber olarak çalışmaya başladı.

Ayasofya

Bölüm 6

Noor-e-Şems

İki ay sonra Fatima, cüzi maaşıyla geçinmeye çalışıyordu. Şirketin sunduğu dairede yaşamak için 1600 TL ödemek zorunda kaldı. Maaşının geri kalan kısmı geçim masraflarına gitti. Pazar günleri yaklaşan kış için ikinci el giysiler almak üzere çarşıya gidiyordu.

Arkadaşı olmadığı için sokaktan birkaç sokak kedisi aldı ve onları ailesi olarak yetiştirdi. Çalışıp yeni arkadaşlarına yiyecek götürürken günler geçiyordu.

Ailesiyle son konuşmasının üzerinden altı ay geçmişti. Onlarla en son mülteci kampında konuştu. Ailesi de güvenlik nedeniyle yakındaki bir camiye taşındı. Kardeşi de babasına savaşta savaşmayacağına dair söz verdikten sonra ayakkabı tamircisinin kızıyla evlendi.

Şirketin sağladığı cep telefonu aracılığıyla ailesine ulaştı. Anne ve babası, İstanbul'da bir iş bulduğunu haber verince çok sevindiler.

Babası, annesinin şeker hastalığının giderek kötüleştiğini ve zar zor yürüyebildiğini söyledi. Babası onu şehrin tek işleyen hastanesine götürdü, çünkü pek çok kişi devam eden savaş nedeniyle yok edilmişti. Artık bakması gereken küçük bir ailesi olan erkek kardeşi, taksi şoförü olarak tuhaf bir işe başlamıştı. Doktor onlara annesinin bacağının şiştiğini ve enfeksiyonun kötü olduğunu söyledi. Hayatını kurtarmak için uzvun erken kesilmesini önerdiler. Kardeşi prosedür için yardım istedi. Fatima'nın maaşı 3500 TL olmasına rağmen 1600 TL kira, 1400 TL yiyecek ve giyecek ödedikten sonra ayda ancak 500 TL tasarruf edebildi.

Ailesine destek olmak için çaresizce Dolapadre Meydanı'ndaki "döviz"e koşarak biriktirdiği 4000 TL'yi babasına aktardı. Eve giderken yakındaki bir restorandan kedileri için kalan yemeklerin bir kısmını aldı.

Yatağında otururken ailesini geçindirmek için daha fazla kazanmayı düşündü. Ofis albümlerindeki güzel Kız Rehberinin portreleri aklına geldi.

Ailesine destek olmak için ne yapması gerektiğini biliyordu.

Kendi kendine sessizce "Aileme yardım etmek için bu ekstra işi yapmam gerekiyor" dedi.

Ancak kendimden şüphe etmeye başladım. "Çok utangaçım ve bunu daha önce hiç yapmamıştım."

Ertesi akşam yeni işine hazırlandı. Pazar pazarında bulduğu ikinci el dekolteli kırmızı elbiseyi giydi ve ruj ve allık sürdü. Odasının kapısını kapattı, hayvanları için yiyecek bıraktı ve Taksim Meydanı'na gitti.

Taksim Meydanı turistlerle doldu taştı. İçlerinden şortlu iri yapılı bir adam ona yaklaştı ve "Benimle bir ilişki kurmak ister misin?" diye sordu.

Fatima, karşılığında 'hawala' yoluyla annesine aktarmayı planladığı 2000 TL'yi toplamayı umarak başını salladı.

"Nerelisin?" diye sordu.

Adam "Amerika Birleşik Devletleri, Los Angeles" diye yanıtladı.

"Ah, LA," diye mırıldandı Fatima.

Birlikte yakındaki bir otele yürüdüler. Fatima hayatının bundan sonraki birkaç saatini unutmak istiyordu. Bir saat sonra adam ayağa kalktı ve şortunun düğmelerini ilikledi. "Adınız ne?" diye sordu.

"Fati... şey... Noor," diye kekeledi. "Evet, adım Noor; Noor-e-Shams."

"Evet, Noor-e-Shams," diye dikkatle yanıtladı.

Teklif edilen parayı hemen kabul etti ve bir taksiye binip evine döndü. İçeri girince kendini banyoya kapattı ve duşun pişmanlıklarını temizlemesine izin verdi. Gözyaşları dökerek suyun altına oturdu.

Bir saat sonra elbiselerini giydi, çantasını aldı ve aldığı parayı saydı. Kendini yorgun hissetti ve ertesi güne kadar yatağında uyudu. Ertesi gün hemen parayı alıp parayı hawala kanalıyla annesine aktardı.

Turizm ofisine döndüğünde aklı hâlâ yeni adını tekrarlıyordu: Noor-e-Shams................. Noor-e-Shams.......... Noor-e-Shams.

Noor-e-Shams, önümüzdeki birkaç ay boyunca Taksim Meydanı çevresinde yeni müşteriler bularak yeni hayatına devam etti.

Annesinin diyabet ilaçlarının ödenmesine yardımcı olmak ve erkek kardeşinin ailesine destek olmak için annesine ve erkek kardeşine para göndermeye devam etti.

Kardeşi taksi şoförü olarak çalışmaya devam etti ve arkadaşlarının bile düşmana dönüştüğü, savaşın harap ettiği bir ülkenin tehlikelerine göğüs gerdi.

Konya

Mevlana müzesi

Bölüm 7

John

John otuz yaşlarında bir adamdı. Ailesi Lübnan'dan gelmiş ve yanlarında Süryani Ortodoks inançlarını da getirmişti. Lübnan'ın Dora kentinde büyüdü ancak babası, daha iyi fırsatların peşinde yıllar önce Anadolu'nun Konya kentine göç etti. Lübnan o zamanlar kanlı bir iç savaşla boğuşuyordu ve bu durum, babasını ailesini geçindirmek için yeni bir kasaba bulmaya zorladı.

Eski ve kültürel açıdan zengin bir şehir olan Konya, John'un yeni eviydi.

John ve yaşlı annesi Mevlana Camii'nin yanındaki mütevazı bir evde oturuyorlardı. John yüksek lisansa devam ederken babası bir araba kazasında öldü. John'un babası ölmeden önce camide temizlikçi olarak çalışıyordu ve John'un yeni ülkesine hizmet etmek için orduya katılacağını umuyordu.

Mezun olduktan sonra John, annesini teyzesinin bakımına bırakarak askeri deniz akademisine gitti. John, evrenin yasalarını derinlemesine anlayan sakin ve dingin bir bireydi. Korkunç yoksulluklarına rağmen, bataklıkta çiçek açan bir nilüfer çiçeği gibi, aşağıdaki pislikten etkilenmeden her zaman sıcak bir şekilde gülümsedi.

Babası şöyle derdi: "John benim milyarlarca dolar değerindeki mücevherim."

Yahya'nın sakin tavrı sıklıkla bir Rumi müridininkine benzetiliyordu ve bu da Konya'nın sakinliğini ve bilgeliğini temsil ediyordu.

John, Karamürselbey Eğitim Merkezi'nden mezun olduktan sonra Türk Donanmasına katıldı ve Karadeniz Filosuna atandı. İşi onu Karadeniz'in sakin bir deniz üssü kasabası olan Zonguldak'a götürdü.

Bir yıllık hizmet ve eğitimin ardından beş gün ara vererek Anadolukavağı'ndaki deniz komutanlığında evrak işlerini bitirmek üzere İstanbul'a geldi. Ardından Sultanahmet'te, Boğaz'a bakan, turkuaz boyalı, sevimli 4 Nisan Oteli'ne yerleşti.

Genç Azerbaycanlı görevli nezaketle onu oteldeki odasına götürdü. Uzun bir otobüs yolculuğunun ardından John kolayca uykuya daldı. O akşam otelin çatı katındaki kafede muhteşem deniz manzarasını hayranlıkla izlerken çayını yudumladı.

"Merhaba, İstanbul'a ilk kez mi geliyorsun?" resepsiyon görevlisi sordu.

"Evet" diye yanıtladı John.

Genç adam sevgiyle, "Buradan kısa bir yürüyüş mesafesindeki Taksim Meydanı'na gitmelisiniz. Burası çok sayıda turistin ve perakendecinin olduğu hareketli bir bölge. Türkiye'ye ilk geldiğimde orada kaldım" dedi.

"Hımm, tamam," diye yanıtladı John.

Gündelik kıyafetlerini giyip otelden ayrıldı ve kıyı boyunca dolaşmaya başladı. Taze, serin esinti yüzünü okşadı ve kendini son derece memnun hissetti. "Her zaman bu şehri ziyaret etmek istemiştim.

"Ben her zaman bu şehri ziyaret etmek istemiştim. Annem her zaman inancımızın merkezi ve antik Hıristiyan dünyasının hükümdarı olan görkemli Ayasofya'yı görmek istemiştir."

Ayasofya'ya gitmek için otel resepsiyonundan bir harita kullandı ve ardından Taksim Meydanı'na bir taksi tuttu. Mağazalar ve restoranların sıralandığı kalabalık caddelerin arasında bir banka oturdu ve gevşek ayakkabılarının bağcıklarını bağladı.

Başını kaldırdığında güzel, kıvırcık saçlı, uzun boylu, sarışın bir kadın ona yaklaştı. Zarif bir şekilde yürüdü ve "Merhaba" diye fısıldadı. Üzgünüm, ah... Merhaba. Nasılsın? Burada turist misin?

John başını salladı.

"Ben Noor-e-Shams. Tur rehberi ve tercüman olarak çalışıyorum. İngilizce, Türkçe ve Arapça konuşabiliyorum. Hizmetlerimden yararlanmak ister misiniz?" diye sordu ve kartını ona uzattı.

"Güzel bir kart..." Noor-e-Shams'ın gözleri çok güzel. "Bu ne anlama geliyor?" John sordu.

"Nur Arapça'da 'ışık' anlamına geliyor. Yani 'Şems'in Işığı' veya 'Suriye'nin Işığı' anlamına geliyor" dedi.

John, "Evet, bana şehri gezdirecek bir arkadaşa ihtiyacım var" dedi.

Noor-e-Shams güvenini göstererek "Bu 200 dolar olacak" dedi.

"Tamam, hadi gidelim" dedi John.

Noor-e-Shams, Arap aksanıyla berbat İngilizcesiyle şehrin tarihi önemini tartışırken, Orta Çağ şehrinin küçük sokaklarından geçtiler. Muhteşem Ayasofya'yı ve göz alıcı Sultanahmet Camii'ni gördüler. Tur boyunca John'un dikkati onun üzerinde yoğunlaştı.

Akşam karanlığı çökerken kıyıdaki vapurlar ve tekneler güzel süslemelerle aydınlatıldı. Diğer alternatiflere göre daha küçük ve daha az aydınlatılmış bir yemekli gemi bileti satın aldılar. Mum ışığıyla aydınlanan bir masada Türk dansçılarının büyüleyici müzik eşliğinde performanslarını izlerken Türk şarabını yudumladılar. Vintage bir şarkı çalınca ortam sakinleşti.

Teknenin güvertesine tırmandılar ve serin hava yanaklarına çarparken birbirlerine sarıldılar. Denizin sessizliğinde cıvıl cıvıl martı sürüsü eşliğinde geminin ışıklı İstanbul Köprüsü'nden süzülüşünü izlediler.

John, Sultanahmet Camii'nin yüksek minarelerinin arkasında dolunay belirdiğinde derin bir nefes aldı ve şöyle haykırdı: "Cennet varsa, aşk buradadır. Doğruyla yanlış arasında bir bahçe vardır. Seninle orada buluşuruz."

"Şu anda hem mutluluk hem de sefalet var. Ne için savaşıyorlar?" Noor-e-Shams yanıt verdi.

Tekne yanaşırken el ele tutuşup dalgaların sesini dinlediler. Noor-e-Shams'ın küçük, eski bir binada yaşadığı Dolapdere Meydanı'na taksiye bindiler. Daire mütevazıydı; bir yatak odası ve bir mutfaktan oluşuyordu. Beyaz bir Türk kedisi balkonda dinleniyordu.

"Bu John, Habibi," Noor-e-Shams onu kediyle tanıştırdı.

"Ve John, işte 'Prini', küçük kız kardeşim. O benim buradaki tek ailem," dedi.

Temizlendikten sonra, Noor-e-Shams çay hazırlarken John da mutfaktaki kanepeye oturdu. Suriye'deki hayatını anlattı.

"Suriye'deki ailemi geçindirmek için burada yarı zamanlı fahişe olarak çalışıyorum. Bana saat başına 200 dolar ödüyorlar, ben de bunu 'döviz' aracılığıyla biriktirip yaşlı aileme veriyorum. Ailem bu müreffeh şehirde iyi bir işim olduğuna inanıyor."

Hikayesini anlatırken yıkıldı.

Sesi geçmişin görüntüleri nedeniyle acı çekerken, "Suriye'de herkes birbirinin düşmanıdır" dedi.

John ona ellerini tutarak, "Endişelenme; her şey yoluna girecek," dedi. Alnından öptü ve onu yakınına çekti. Sıcak nefesleri birbirine karışırken kalpleri hızla çarpıyordu. John şefkatle dudaklarını öptü ve onu yatak odasına çekti.

Ertesi sabah, güneş ışığının ilk ışınları pencere çıtalarından sızdı. İstanbul'da haftalardır yağan yağmurun ardından Noor-e-Shams güneş ışığıyla uyandı.

Harika bir geceydi ve derin bir huzur ve tatmin duygusu hissetti.

Yavaşça ayağa kalktı, çaydanlığı çalıştırdı ve mutfak penceresini açtı. John'un huzur içinde uyumasını izlerken ona baktı ve bir kez daha geçmişine daldı.

"Arkana bakma." Kimse dünyanın nasıl başladığını bilmiyor. Gelecekten korkmayın; hiçbir şey sonsuza kadar sürmez. John, kulaklarında yankılanarak, "Geçmişi veya geleceği düşünürsen anı kaçırırsın" dedi.

"Erken kalkan biri olduğunu bilmiyordum." dedi.

John ona bir fincan çay doldururken yumuşak bir sesle, "Senin aşkın yüzünden geçmişimden koptum" dedi.

"Kalk John. Ben senin tur rehberinim, hatırladın mı? Keşfedecek daha çok yerimiz var.

Kahvaltı yapacağım. Omlet için yumurtam var" dedi Noor-e-Shams.

"Tamam, nasıl istersen" diye yanıtladı John.

Şehrin dört bir yanındaki diğer tarihi yerleri de ziyaret ettiler ve John, akşam Hudapaşa'da bir Türk Derviş oyunu için bilet ayırdı. Konya'daki Mevlana Müzesi'ndeki Sufi derviş dansı onu uzun zamandır büyülemişti.

"John, neden Dervişlerin dansını izlemek istiyorsun?" Bir barda ya da dans kulübünde eğlenemez misin?" diye sordu Noor-e-Shams.

"Kırıldığında dans et." Bandajı yırttıysanız dans edin. Kavganın ortasında dans edin. Kanınızla dans edin. Derviş dansının ve müziğinin egolarımızı parçaladığını hissediyorum. Evrenin dansına yenik düşüyoruz. Bu mücadele ve savaş nefsimizin sonucudur. Evrenin zekasını ve sevgisini anlamayanlar mantıksız bir şekilde savaşırlar" diye açıkladı John.

Gösterinin ardından Taksim Meydanı'ndaki İran restoranı 'Rehyun'da akşam yemeği yemek için yürüdüler. Noor-e-Shams, restorana giden küçük karanlık sokakta dilencileri ve evsiz çocukları gözlemledi.

"Bak John. Onlar Suriyeli. "Savaş çıkmadan önce yeterince yiyecekleri vardı" diye açıkladı.

John 200 lira çıkardı ve onu yeni doğmuş bebeği kucağında tutan bir kadına verdi.

"Neden ona yardım ediyorsun?" Noor-e-Shams sordu.

"Bunun nasıl yardımcı olacağından emin değilim ama küçük bir şefkat eylemi bile fark yaratabilir. John şöyle yanıt verdi: "Kaderin ona neler hazırladığını asla bilemezsiniz."

John restoranda İran yemeği siparişini verdi ve küçük bir tahta kutuyu açtı. Noor-e-Shams'a baktı ve "Senden gerçekten hoşlanıyorum" dedi. Seni hayat boyu ortağım yapmak istiyorum. Şu anki görevimden döndüğümde seninle evlenmeyi umuyorum. Bu takılar anneme aitti. Bunu aramızdaki bağın sembolü olarak saklamanı istiyorum."

Noor-e-Shams şaşkına dönmüştü ve kafası karışmıştı. "Bizim dinimizde buna 'zina' denir. Sen Hristiyansın, ben ise Müslümanım. Nasıl evlenebiliriz?"

"Ben herhangi bir inanca ait değilim. Benim inancım sevgidir. Yahya, "Her kalp benim dinimdir" dedi.

Noor-e-Shams, "Fakat dışarıdaki insanlar tehlikeli ve sevgiye ve insanlığa saygı duymuyorlar" diye ekledi.

John, "Bazı şeyler insanın kavrayışının ötesindedir. Evren kendi yasalarını takip eder. "İnsan müdahalesi bunu değiştiremez" dedi.

Kolyeyi alıp boynuna takarken, "Habibi seni seviyorum ama bazen ne dediğini anlamıyorum" dedi. "Çok güzel görünüyor değil mi?"

Daha sonra el ele tutuşup sustular ve John'un Çanakkale'ye giden otobüsü gelene kadar vapurların boğazdan geçişini izlediler.

Akdeniz

Bölüm 8

Amiral. Rüstem Paşa

Ertesi gün John üsse rapor verdi ve denizaltı filosuna katıldı. Kilo sınıfı denizaltının doğu Akdeniz kıyısına konuşlandırılması planlanıyordu. Güzel "TCG Pirireis" suyun üzerinde duruyordu, adı boynuna kazınmıştı. John balinaya benzeyen sevimli makineye baktı, onu öptü ve güverteye atladı. Onu gür bıyıklı, geniş omuzlu, uzun boylu bir subay karşıladı. John onun uzun boyunu ve 'Amiral' adını fark etti. İsim levhasında Rüstem Paşa' yazıyor.

"Hoş geldin John, gemiye. Önümüzdeki altı ay boyunca burası senin evin olacak ve biz senin ailen, genç delikanlı."

Topluluğunuzun güzel vatanımız için mücadele etmesinden memnunum.

Odaların içinde denizaltı bir hobbitin meskenini andırıyordu. John yeni çevresine ve sorumluluklarına hemen alıştı.

Suriye'nin Lazkiye kıyılarına doğru yelken açmaya başladılar. John, denizaltında bulunan çok sayıda mühimmatla tanıştı. Kapsülde mevcut olan her şeyin bir listesini hızla derledi. Hem keşif hem de caydırıcılık amacıyla sınıra doğru ilerlediler.

Akdeniz suları zarif, mavi ve cennet gibi görünüyordu. Ancak rüzgarlı ve çalkantılıydı.

John için gece özellikle kendini yansıtmaya yardımcı oldu. Gecenin sessizliğinde Noor'la karşılaşmasını ve onunla gelecekte yaşayacağı hayatı düşünürdü. Doğduğu dünyayı düşünürdü. Evreni, yıldızları ve onun sonsuzluğunu merak ederdi. Bazen hayattaki gündelik şeyleri düşünmeye kapılırdı. Zaman zaman aklı, hayatının misyonu fikriyle gölgeleniyordu.

Ancak Amiral Paşa ona mantıklı ve sakin bir adam gibi görünüyordu. Adamın sertliğinin altında yatan hassasiyeti hissedebiliyordu. Bilinçli bir bireyin disiplinine sahipti.

Aylar süren keşiflerden sonra düşmana saldırı düzenleme emri aldılar. John kısa süre sonra gemiden torpido ve füzelerin konuşlandırılması planlarını yaptı.

Bu, John'un bir düşmana ilk saldırısıydı, ancak bu onun zihninde ek şüpheler uyandırdı ve cevapları fena halde aradı.

Haftalarca uluslararası denizlerde kaldıktan ve operasyon tamamlandıktan sonra John nihayet amiralle konuşma fırsatı buldu.

Bir gün amiral onu navigasyon odalarında kısa bir konferansa çağırdı.

"Biliyorsun John, ben de Konyalıyım. Köyüm Konya'ya uzak değil. Senin aynı ilçeden olmana çok sevindim. Konya bana çok güzel anılar bıraktı. Sen ülke için çalışan bir Hıristiyansın İşte Atatürk'ün ülkesinin güzelliği, evrenin kanunlarının nasıl işlediğini anlamış, insanın yetiştiği coğrafyayla özdeşleştiğini, yetiştiğini anlamıştı. İnsanlar bir aile içinde bile çeşitli inançlara ve düşünce biçimlerine sahiptirler. Hem çatışmalar hem de keyifli anlar yaşanır. Hiçbir şey aynı değildir. Tıpkı insanların doğumundan yaşlılığına kadar yaptığı gibi, evrenin bilgi edinme ve büyüme yoludur. Bir süreklilik içinde farklı an çerçeveleri vardır. Ancak tek bir varlık olarak birlik duygusu vardır.

Hımm..... Ama John, ara sıra şaşkın görünüyorsun; sorun ne? diye sordu.

Peki efendim, hayatın amacı nedir? John sordu.

Paşa sırıttı ve şöyle dedi: "Hayatın amacı, aklı yetiştirmek, onu hırs ve hırstan temizlemektir. Evren kendini anlar ve bilir. Amaç, evrenle bir olmak ve evrensel bir akla sahip olmaktır.

Ama efendim, biz ordu adamlarıyız; rakiplerimizi öldürüyoruz ve kahramanlık madalyaları alıyoruz. John yanıt verdi.

Hımm..., ülkemizi ve insanlarını kurtarmak için savaşıyoruz. Yüreğimizde öfkeyle savaşmıyoruz. Rakiplerimizle savaştığımızda bunu vatanımızı korumak için yapıyoruz ama aynı zamanda onların ailelerine de şefkat ve sevgi besliyoruz. Bu bizim cesaretimizdir. Bunu yapıyoruz çünkü kader bunu bize verdi.

"Evet efendim, sanırım cevaplarımı aldım. Çok teşekkürler". John cevap verdi ve odadan çıktı.

Odasına döndüğünde Noor'la tanışacak olmanın heyecanıyla bavullarını toplamaya başladı.

Dönen Dervişler

Bölüm 9

Rumi

John, Noor'u görmeyeli bir yıl olmuştu ve sonunda iki aylık ücretli izin almaktan memnundu. Gölcük'ten İstanbul'a otobüs bileti almıştı ve Noor'u görmeyi ve gelecek planlarını tartışmayı sabırsızlıkla bekliyordu. Şöyle uyandı; şehrin dumanının güçlü kokusunu duydu.

Ocak ayında rüzgarlı ve yağmurlu bir günde sabah erkenden geldi. Yağmurla ıslanmış sokaklar ve yakıcı rüzgarlar, son gelişindeki sıcak, misafirperver şehirle tam bir tezat oluşturuyordu. Hatırladı. Hemen bir taksiye binip Dolapdere Meydanı'na gittim.

Nijeryalı taksi şoförüne "Saat erken. İşe gitmeden önce onu evinde yakalayabilmeliyim" diye güvence verdi.

Şoför, John'un iyimserliğine şaşırarak arkasına baktı.

John, Noor'un dairesine vardığında, kapının önünde sadece kedisi Prini'nin olduğunu gördü. Kapı kilitliydi.

Bitişikteki dairenin kapısını çaldı ve kapıyı yaşlı bir kadın açtı.

"Merhaba, yanında oturan kızın nerede olduğunu bana söyleyebilir misin?" ona sordu.

Yaşlı kadın, "Ah, onu aylardır görmüyorum. Ama işletme müdürü daireyi kilitlemek için geldiğinde, onun bir mülteci hastanesinde olduğunu söyledi" diye açıkladı.

"Ama bu kedi her gün kapısının eşiğine geliyor ve ben onu beslemekten bıktım." dedi öfkeyle.

John kediyi aldı ve yakındaki meydana koştu.

John, meydandaki bir taksi şoförüne Suriyeli mülteci hastanesinin adresini sordu ve taksi şoförüne onu kucağında kediyle oraya götürmesi talimatını verdi.

John, hastanede Suriyeli bir kadının oturduğu resepsiyon masasına doğru koştu.

Resepsiyon görevlisine "Merhaba, Noor adında bir kızı arıyorum. Buraya tedavi için geldi" dedi.

Resepsiyonist bilgisayar ekranını taradı ve Noor'a dair hiçbir kayıt bulamadı.

John, "Lütfen tekrar kontrol edin. O, 27 yaşında, koyu siyah kıvırcık saçlı genç bir kadın" dedi.

Resepsiyonist başını salladı. "Evet, kadın hastalıkları bölümüne kabul edilen genç kadınlar var." Üçüncü katta."

John aceleyle asansöre bindi ve jinekoloji bölümüne yöneldi. Noor'u genel koğuşun köşe yatağında yatarken gördü.

Başhemşireden onu görmek için izin istedikten sonra hızla Noor'un yatağına yaklaştı. John'unkine benzeyen muhteşem mavi gözleri olan kız çocuğu Rumi de onun yanında yatıyordu.

Bebek kıpırdanırken Noor gözlerini açtı ve John'u tanıdı.

"Selam bayım, kimsiniz? Tanıdık geliyorsunuz. Sizi tanıyor muyum? Arkadaş mısınız?" diye sordu.

John şaşırmıştı. "Benim adım John, Noor. Beni hatırlamıyor musun? Sana ne oldu? "Neden hastanedesin?"

Başhemşire sözünü kesti. "Bayım, Dr. Haşim sizi görmek istiyor. Ofisi zemin kattadır.

John, Dr. Hashim'in ofisini ziyaret etti. Merhaba Doktor. "Ben John'um."

Dr. Haşim elini uzattı. "Seni bekliyorduk John. Birisi onu ziyaret etmeyeli uzun zaman oldu. Noor, kız çocuğunu doğurduktan sonra üç aydır burada. Hem onunla hem de bebeğiyle ilgileniyoruz."

Masasının altına uzanıp bir portre çıkardı. "Noor bu portreyi hastaneye yanında getirdi. Bunun sana ait olduğunu hissediyorum. Gözler çarpıcı biçimde benzer."

John, Noor'un çizdiği portreye baktı.

Dipnotta "Suriye'den sevgilerle" yazmıştı.

"John, Noor hasta. Creutzfeldt-Jakob hastalığı (CJD) ve hafıza kaybına yol açan demans hastası. Hastalığı dejeneratif ve kaslarını etkiliyor. Yaşama daha ne kadar dayanması gerektiğinden emin değiliz."

John'un gözleri yaşlarla doldu.

Bir süre sonra "Doktor, kızımı ve annesini eve götürmek istiyorum" diye sordu.

Dr Hashim onaylayarak başını salladı.

Koğuşa dönen John, Rumi'ye gülümserken kucağına aldı.

"Hadi evimize, Konya'daki güzel evimize gidelim" diye ekledi nazikçe.

Noor şaşkın görünüyordu. "Neden bu kadar tanıdık geliyorsun? Adınız, bölgeniz ve dininiz nedir? Neyse, burada sıkıldım. Kimse benimle konuşmuyor ve bu genç çocuk çok ağlıyor. "O her zaman aç."

John tatlı bir gülümsemeyle şöyle dedi: "Evet, benim dinim yeni doğan kızın diniyle aynı."

"Hadi eve gidelim," dedi Noor, sanki bir süre daha can simidi görevi görecekmiş gibi parmağını tutarak.

Humus,(Suriye)[şehir merkezi] savaştan sonra

Bölüm 10

Dr. Haşim

Bir zamanlar Humus'ta başarılı bir muayenehaneye sahip olan, altmışlı yaşlarındaki deneyimli jinekolog Dr. Hashim bundan keyif aldı, ancak memleketindeki çatışmalar nedeniyle hayatı altüst oldu. Fiziksel yaralanmaların yanı sıra evlerinin yakınında meydana gelen bombalı saldırıda eşini ve tek oğlunu kaybetti. Artan çekişmelerin etkisiyle nihayet İstanbul'da güvenliği aradı ve bir mülteci hastanesinde çalışmaya başladı.

Noor'la ilk karşılaşması sakin geçti. Hafif ateş ve baş ağrısı şikayetiyle kliniğe BM tarafından verilen mülteci kimliğiyle geldi. Daha sonra hastanedeki personel sıkıntısı nedeniyle pratisyen hekim olarak çalışıyordu. Dr. Hashim az önce antibiyotik ve ağrı kesici reçeteleri yazdı.

Noor bir ay sonra geri geldi; korkunç baş ağrıları ve rahatsız edici hafıza sorunlarıyla boğuşuyordu.

"Dr. Hashim, dairemin veya çevredeki yerlerin nerede olduğundan emin değilim. Kendimi sık sık yabancıların kapısını çalarken buluyorum" diye şikayet etti.

Endişelenen Dr. Hashim, bir MRI taraması, bir dizi kan testi ve hormon seviyesi kontrolleri yönetti. Bulguları inceleyip meslektaşlarıyla tartıştıktan sonra Noor'a multipl skleroz (MS) teşhisi koydu.

"Hayır....o, meslektaşlarım MS hastası olduğunuzu düşünse de ben tam olarak emin değilim. Hastalığın seyrini geciktirmek için enjeksiyon ve ilaç tedavisine başlamanız gerekecek." Noor'a söyledi.

"Doktor bu ilaç pahalı mı?" Nur sordu.

"Aslında. Pahalı" diye yanıtladı Dr. Haşim.

"Şu anda yeterli param yok. Tamam, yarın enjeksiyonlar için tekrar geleceğim" dedi Noor.

Endişeyle hastaneden ayrıldı, aklı sadece bir ay önce tanıştığı John'a kaydı.

Ayrılırken sessizce şöyle dedi: "Ah, John, keşke burada olsaydın."

Eve dönen Noor babasıyla temasa geçti. "Baba, birkaç ay para gönderemeyeceğim. Bu sezon daha az tatilci, şirketimin borcunun azalması anlamına geliyor. Nasır'a söyle, daha fazla iş arasın ve sana yardım etsin lütfen." Ona söyledi.

Noor, birikimini gerekli ilaçların masraflarını karşılamak için kullanarak ertesi gün hastanede tedavisine başladı.

Noor'un durumu zamanla kötüleşti. Adet görmeyi bıraktı ve her zamanki çalışma programını sürdürmek için mücadele etti. Bu konuyu bir hemşireye açtığında bunun MS ilacının bir yan etkisi olduğu söylendi.

Noor'un kafa karıştırıcı hafıza kaybı anları, terapide bile giderek yaygınlaşıyordu.

Sağlam sağlığında, John'la kısa süreli kalışından kalma İstanbul manzaraları ve John'un bir portresini çizerdi. Portrenin bir kısmını boyanmadan bıraktı, dudaklarının tam şeklini hatırlamıyordu.

Noor'un kötüleşen durumu ve sık sık depresyon atakları geçirmesinden giderek daha fazla endişe duyan Dr. Hashim, Amerika Birleşik Devletleri'nde nörolog olan bir arkadaşından tavsiye istedi. Noor'un kayıtlarını ve geçmişini inceledikten sonra nörolog, teşhis için Dr. Hashim'i aradı.

"Hashim, sanırım bu, Amerika Birleşik Devletleri'nde bazen CJD olarak da bilinen Creutzfeldt-Jakob Hastalığının (CJD) nadir bir örneği. Bunu kesinlikle mülteci kamplarındaki bozuk etlerden almış" dedi.

Konunun ciddiyetini anlayan Dr. Hashim, Noor'un semptomlarının hastalığıyla nasıl bağlantılı olduğunu artık anlamıştı.

Noor'un karnında, durum geliştikçe hamile kaldığına işaret eden net bir şişlik ortaya çıkmaya başladı. Artan bedensel değişimlerine rağmen Noor'un gerçekliğe olan hakimiyeti giderek kayboluyordu. Tıbbi gezileri onun şaşkınlığını ve yönelim bozukluğunu açıkça ortaya koyuyordu.

Dr. Hashim, içinde bulunduğu durumu anlamakta giderek zorlandığını belirtti. Sonunda hüsrana uğrayarak ona bağırdı: "Bu nereden çıktı? Bu kimin sorumluluğunda? Sen kendine ve bu bebeğe nasıl bakarsın?"

Ancak Noor boş kaldı, kendi evreninde kaybolmuştu.

Hem Noor hem de doğmamış çocuğu için endişelenen Dr. Hashim, daha fazla kan testi ve ultrason talep etti. Hastane müdüründen Noor'u kadınlar koğuşuna yatırmasını talep ederek, onun korkunç koşullarını açıkladı. Hem çocuğuna hem de kendisine uygun tedavi ve desteği alabilmesi için ona boş bir köşe yatağı verdiler.

Sudan'da bir çölde Nubya Piramitleri

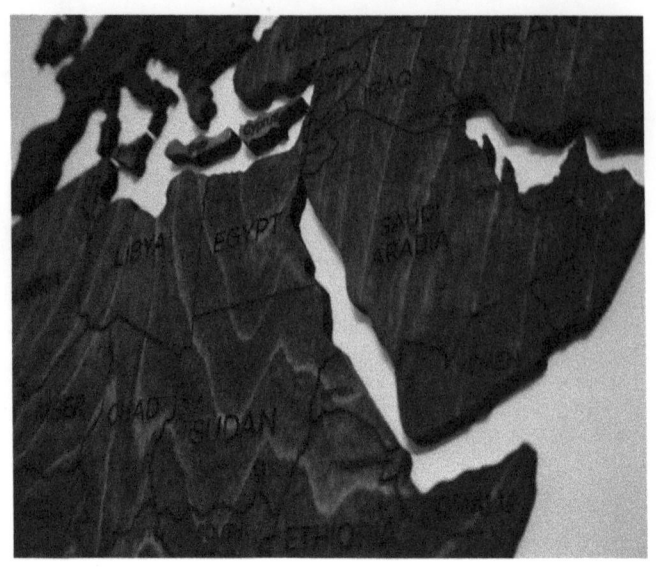

Bölüm 11

Zulu, 7 Temmuz 2031

Sadece bir yıl oldu ama onu uzun zamandır görmediğimi hissediyorum ve kalbimdeki beklenti neredeyse dayanılmaz. Kendisi on yıl boyunca benim en iyi arkadaşımdı ve şimdi, yukarıda yıldızlar parlarken ve Mevlana türbesi heybetli bir şekilde önümde dururken, ortak geçmişimize dair anılar beni şaşkına çeviriyor.

Biz bu gökyüzünün altında, Mevlana Müzesi avlusunun gölgeleri ve mırıltıları arasında oynayarak birlikte büyüdük. Geçen yıl, nörolog olma hayalini gerçekleştirmek üzere İstanbul'a taşınmadan hemen önce burada veda etmiştik. Hem iyimserlik hem de kederle dolu bir zamandı.

Ailem ve ben Kuzey Sudan'daki iç savaşın zulmünden kaçtık ve Konya'da tehlikeli bir sığınak bulduk. 2023 yılında Akdeniz'in hain sularında yolculuk yaptık. Pek çok kişi, Libya kıyılarında seyreden diğer teknelerde, teknelerinin fırtınalı denizde alabora olması sonucu hayatını kaybetti. Hayatta kalma şansımız oldu ve Türkiye kıyılarına indik.

Babam müzede süpürücü olarak vasıfsız bir işe girdi; bu, kırık hayallerimizin ortasında yeni başlangıcımızın simgesiydi. Ben ise kendimi mühendislik çalışmalarımla, geride bıraktığımız yerin dışında hayata alışmakla meşguldüm.

Mevlana ve ben on yıl önce tam da bu günde, 7 Temmuz'da tanıştık. Annesini kaybettiği gün dünyası yıkılmıştı. O zamandan beri her yıl babasıyla birlikte buraya geliyor; çok erken kaybettiği kadına yürekten bir saygı duruşu olarak pembe güller taşıyordu.

Bugün, bu ortak geçmişin ağırlığı neredeyse somuttur. Buradayım, nefesimi tutarak nihayet onu tekrar görmeyi bekliyorum. Uzaktan, caminin arka planında bir işaret ışığı olarak beliriyor. Babasının elini tutuyor ve duygularının ruhuyla nabız gibi atan canlı güllerden oluşan bir buket taşıyor. Fısıldayan hikayelerle ve sessiz güçle parıldayan gözleri benimkilerle buluştu. Gülümsemesi dinginlik ve bilgeliğin bir karışımı, sanki zaman bu tek buluşma anının içine çökmüş gibi.

O yaklaştıkça aramızdaki yıllar silinip gidiyor, geriye yalnızca bir zamanlar paylaştığımız güçlü bağ kalıyor. Hava, bu uzun zamandır beklenen deneyimin heyecanıyla dolu ve bu kutsal alanda tarihimiz ve günümüz, nefes kesici bir iyimserlik ve nostalji panoramasında çarpışıyor.

Son

Kutsal Mekan'ı (Mescid-i Haram) övüyorsun ve Allah'ın bahçesini ziyaret ettiğini söylüyorsun ama çiçek demetin nerede? Çektiğiniz acıların bir bedeli var ama ne yazık ki içinizdeki Mekke'yi keşfedememişsiniz.

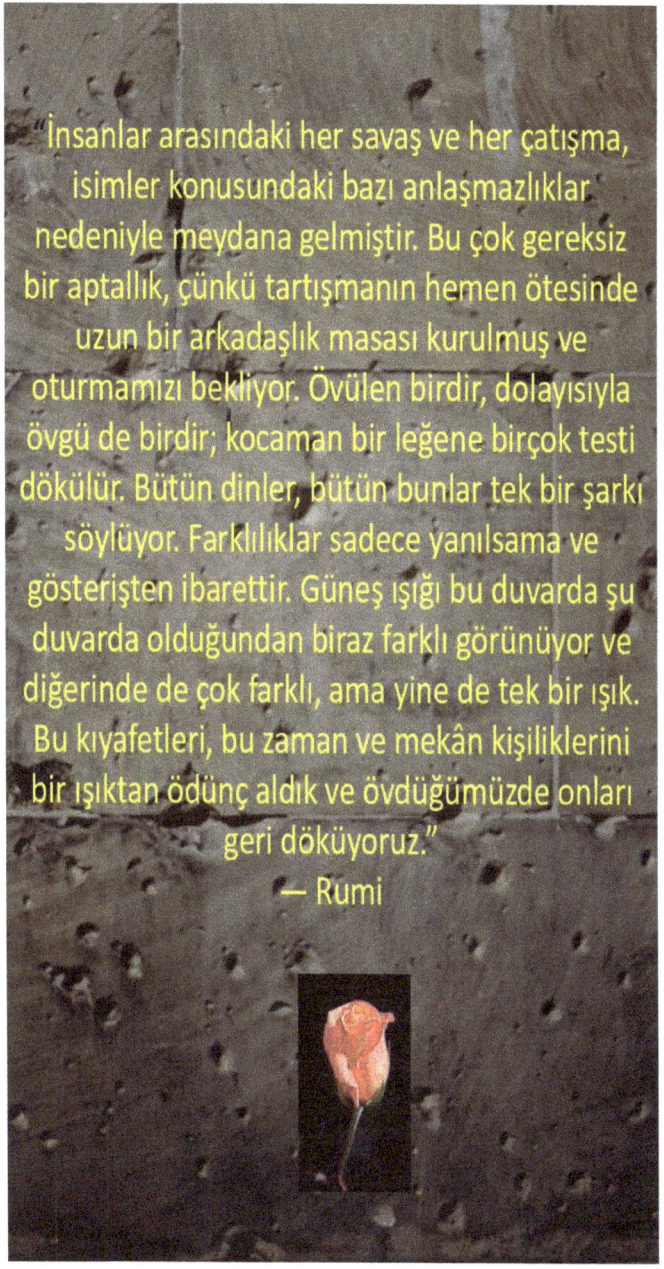

"İnsanlar arasındaki her savaş ve her çatışma, isimler konusundaki bazı anlaşmazlıklar nedeniyle meydana gelmiştir. Bu çok gereksiz bir aptallık, çünkü tartışmanın hemen ötesinde uzun bir arkadaşlık masası kurulmuş ve oturmamızı bekliyor. Övülen birdir, dolayısıyla övgü de birdir; kocaman bir leğene birçok testi dökülür. Bütün dinler, bütün bunlar tek bir şarkı söylüyor. Farklılıklar sadece yanılsama ve gösterişten ibarettir. Güneş ışığı bu duvarda şu duvarda olduğundan biraz farklı görünüyor ve diğerinde de çok farklı, ama yine de tek bir ışık. Bu kıyafetleri, bu zaman ve mekân kişiliklerini bir ışıktan ödünç aldık ve övdüğümüzde onları geri döküyoruz."
— Rumi

Yazar Hakkında-

"Snehaal Kemal" bu yazarın edebi adıdır. Yazar şu anda Hindistan'da yaşayan bir çene-yüz cerrahıdır. Tıbbi makaleler yazıyor ve bu eseriyle kurgusal öyküler yazmaya girişti.

www.ingramcontent.com/pod-product-compliance
Lightning Source LLC
LaVergne TN
LVHW061626070526
838199LV00070B/6592